SOUTHEAST UNIVERSITY

珍藏刷边版

限量3000册

·收藏编号·

0709

我在东南大学的日子

《青春》杂志社 编

青春三行诗

# 我在东南大学的日子

My days at Southeast University

南京出版传媒集团 南京出版社

**图书在版编目（CIP）数据**

我在东南大学的日子 / 《青春》杂志社编. -- 南京：南京出版社, 2025. 6. -- ISBN 978-7-5533-5402-6

Ⅰ. I227

中国国家版本馆CIP数据核字第2025LN5837号

| | |
|---|---|
| **书　　名** | 我在东南大学的日子 |
| **编　　者** | 《青春》杂志社 |
| **出版发行** | 南京出版传媒集团<br>南 京 出 版 社 |
| **社　　址** | 南京市玄武区太平门街53号 |
| **邮　　编** | 210016 |
| **联系电话** | 025-83283873、83283864（营销）<br>025-83229542（文艺图书编辑部） |
| **策划统筹** | 李　樯　陆　萱 |
| **责任编辑** | 张范姝 |
| **封面设计** | 周伟伟 |
| **版式设计** | 石　慧 |
| **责任印制** | 杨福彬 |
| **排　　版** | 南京新华丰制版有限公司 |
| **印　　刷** | 南京爱德印刷有限公司 |
| **开　　本** | 890 毫米 × 1240 毫米　1/64 |
| **印　　张** | 3.25 |
| **字　　数** | 60千 |
| **版　　次** | 2025年6月第 1 版 |
| **印　　次** | 2025年6月第 1 次印刷 |
| **书　　号** | ISBN 978-7-5533-5402-6 |
| **定　　价** | 39.80元 |

# 编委会

**主　任**　张　琰　李　樯

**主　编**　罗　澍

**副主编**　陆　萱

**统　筹**　张范姝　王佳怡

**编　辑**　（按姓氏笔画排序）

李雅君　吴夏妍　张可欣

杭煜淇　郑博源　姜浩宇

袁梓涵　郭静雯　唐　鹿

曾舣灵

集章页

看啊

四牌楼的秋和九龙湖的春

此刻你正途经所有年轻的修辞

# 目录

辑四



辑五



后记

在我们身上的

辑　一

# 时间

# 流动

# 六朝松下的微分方程

草稿纸在暮色里解开发髻

梧桐叶接过牛顿的叹息

实验室的灯是最后一个质数

化学化工学院 / 许志强

解不开的方程，
是否在某个黄昏恍然大悟？

# 裂痕中的新芽

“贝碧嘉”的齿痕咬进木质血管

梧桐新芽刺破淤青

而我们的影子正从碎叶上长出春天

人文学院 / 黄诗颖

注：

2024 年 9 月 17 日，台风“贝碧嘉”过境南京，四牌楼校区的几棵梧桐树及其余若干树种出现倒伏，学校立刻组织抢险人员多方协作，对倒伏梧桐进行适当截干，做扶正处理，恢复了梧桐大道往日的干净整洁

# 山茶花备忘录

半部黄昏悬在旧馆门楣

新馆的阶梯推开人群时

一株红山茶正侧身挤过无人岁月

人文学院 / 黄诗颖

# 毕业守恒定律

樱花谢幕，梧桐撑伞

毕设图里藏着下过的雨

挥手的弧度，恰好等于春天离场的半径

建筑学院 / 郭雯蔚

# 答辩前夜

散落的泡沫块长出双腿

悬铃木在窗外修改立面

而我的鼠标，正将月光拖进渲染

建筑学院 / 郭雯蔚

# 毕业季

梧桐树下熙熙攘攘

大礼堂石阶漫出青苔的重量

在涌泉池边，我成为自己的异乡

法学院 / 张辰雨

# 毕业那天，你想回到过去吗？

# 岁月雾气

十八岁时我一个人蹚过雨季

从此青春便似乎摇上了车窗

沸腾的思念，只换来记忆朦胧

信息科学与工程学院 / 怀过

## 辞别季

你说从此无人替你接下眼泪，我说无妨

到了分别的季节

也不过是，思念换一个风向

信息科学与工程学院 / 怀过

# 四牌楼的孩子

别在梧桐的怀抱里迷茫，

且听六朝的箫韶。

无问未至的忧伤。

人文学院 / 童杨

## 致梅庵

一夜春雷大动，

那新绽的花枝上，

晚梅是昨夜风雪的消融。

人文学院 / 童杨

# 梧桐影里

梧桐叶落满四牌楼的秋天
我拾起一片，却拾不起
你匆匆掠过的背影

网络空间安全学院 / 叶方舟

秋天的重量究竟在掌心，
还是在望向远方的眼睛里？

# 无头苍蝇

大地有一个靶心

瞄准

用一场大雨

网络空间安全学院 / 袁晓澂

上一次是因为什么而感到迷茫？

# 回溯

九龙湖日出于西而落于东，

四牌楼梧桐叶重归树梢而不因风，

在兵荒马乱的高中却也向往那棵六朝松。

仪器科学与工程学院 / 李辰佳

还记得十八岁时许下
的愿望吗？

# 迟来的感知

食堂窗口悄然更新

我寻着记忆而来

舌尖的疑问在新的菜单前找到答案

法学院 / 李志文

# 你吃过最好吃的食堂是？

# 暖冬

来到南京的第一个冬天

拉尼娜现象却温柔地

保留着我世界里乍暖还寒的冬季

艺术学院 / 李文瑶

在南京度过的第一个冬天，
有让你记忆深刻的事吗？

集章页

回到熟悉的校园，
那一刻，最触动你的是什么？

# 四年四季

这里有春花夏雨秋叶冬雪，

可美中不足的是，

不再有我。

电子科学与工程学院 / 刘畅

如果错失了校园四季，
你会遗憾吗？

# 在此的缘由

我站在梧桐树下

拾起一片落叶

收到了过去的我送来的礼物

化学化工学院 / 魏泽一

你有多久未曾拾起一片
深秋的落叶了？

# 长大

长长了头发的我

高了一厘米的梧桐树

是时间在我们身上的流动

艺术学院 / 郭偌杭

# 你还记得儿时的梦想吗？

# 旧时的心迹

折腾了四年，使我不再想你。

当你回来时却发现，

我已没了那时的坚定和勇气。

物理学院 / 餐条

# 想起过去的那个人，
# 你还会主动联系吗？

# 第一次的东南

第一次的东南　是答题卡　是未竟的梦想

第二次的东南　是门禁卡　是思想的碰撞

第三次的东南　是校友卡　是故乡的方向

化学化工学院 / 吴宏伟

# 繁星

母校和漫天繁星有两个共同点，

一是在我眼里都闪闪发光，

二是都好久不见。

校友 / 丁自超

上次回母校是哪一天？

# 二月

梧桐剪碎的光斑里

风掠过二月兰的耳廓

草稿纸背面洇开你的名字

机械工程学院 / 捉月

现在，你会写下谁的名字？

# 东南大学的风

东南大学的风　吹过春夏秋冬

吹向山河大地　吹向宇宙太空

止于至善　不忘初衷

校友 / 夏光灿

# 六朝松

太老了　几乎要摔倒

但精神很好　始终在笑

是东大校园里的一个宝

校友 / 夏光灿

# 陪我变老

梧桐絮飘过桃李年华的梦想

一个转身，粉笔灰落成了六朝松新的年轮

陪我变老的东大，爱你无声

自动化学院 / 柴琳

# 你是哪一年入校的?

# 辑二

# 你的故事远不止四季

# 毕业聚会

碰杯，是一场盛大的烟花

我们将青春一饮而尽

然后用一生打捞告别的余温

数学学院 / 初见

# 老房子

岁月从墙上簌簌落下

我的九岁和十九岁同时屏息

共用了一个会褪色的鳃

数学学院 / 初见

# 橡皮

借给你的橡皮上

印着半个指纹

我的铅笔从此拒绝写错别字

数学学院 / 初见

# 那块橡皮你还留着吗？

## 求职季

八角涌泉变成一口鸳鸯铜锅
期待的煎熬在外面剧烈翻滚
选择的焦虑在里面肆意蒸腾

电气工程学院 / 奇衡三

在沸腾的铜锅里，
你捞起了自己的哪一味人生？

# 我和我

我始终不愿向生活低头，

因为转身就会迎上少年殷切的目光。

那相似的眼睛里曾经满是骄傲。

自动化学院 / 高啟泰

如果回到过去，

你会对现在的自己说点什么呢？

# 大学三行

围合，教室，微风拂，

笔记，快门，喜怒封存，

大学的第三行是平日筑高楼。

计算机科学与工程学院 / 黄亚伟

# 生活

你抱怨早八的倦意，

又爱着李文正的黄昏。

你说，生活本如此。

计算机科学与工程学院 / 黄亚伟

# 二十岁的第一天

微醺

感受心跳的力量

片刻的肆意能够治愈一年的奔波

网络空间安全学院 / 陈艺一

在踏入二十岁的那一天，
你有没有留下难忘的回忆？

# 图书馆

湖水吞下候鸟迁徙时的倒影

图书馆的砖缝里长出陌生年份

而所有答案都成为通往远方的站名

艺术学院 / 善悟熊

# 占座

树叶落进翻开的课本

粉笔灰与晨雾一同消散时

我总在第二页替你折好春天

艺术学院 / 善悟熊

# 暗恋

树影在阶梯教室摇晃

你笔尖漏出的光斑生长成藤蔓

悄悄在我纸上写下秘密

艺术学院 / 善悟熊

## 那时的心事是什么？

# 悸动琥珀

黄昏滴落成松脂的浓度

心跳声在连廊结晶

连同那句未出口的话凝成琥珀

交通学院 / 郭书铭

## 毕业

最后一课，教室的人潮退去

粉笔碎成迁徙的鸟群

黑板是永远倾斜的南方

交通学院 / 郭书铭

# 雨汛

你的故事远不止四季

我还有几个夏天能冲进一场暴雨

请不要再追问眼泪从何而来

人文学院 / 仲庭苇

那些被暴雨洗涤的忧伤，
现在都开花了吗？

集章页

今天阳光正好，
要和我一起去放风筝吗？

# 捞鱼

梧桐海里人比鱼多，

我打捞着生活，

兜起一网梧桐叶。

信息科学与工程学院 / 梁超越

压力大到喘不过气的时候，
会怎样排解心绪呢？

# 第 N 个沙塘园

黑夜并不宁静

迷茫与焦躁撕裂躯体

我拾起碎片　拼贴一个自己

人文学院 / 郭静雯

# 你有没有打败失眠的诀窍？

## 喜鹊

窗外的喜鹊在搭窝，

一字一句，

我也终将筑起我的巢。

机械工程学院 / 卢慧珍

# 你向往的“巢”是什么模样？

# 早课笔记

每天清晨

我在闹钟前醒来

看时间等我

计算机科学与工程学院 / Cifero

你有过在闹钟响起之前
醒来的经历吗？

# 星星，明白我

大草坪颜色的黄绿变化，是时间交替，

黑夜中地灯的亮起，是星星睁眼，

星星明白，最不懂灰心的人，是我。

能源与环境学院 / 明籽汐

## 如何过“曲”

九曲桥的“曲”怎么过?

减速、专注、转弯,

生活中的“曲”也该如此。

能源与环境学院 / 明籽汐

# 小窝

初见是陌生的青涩

再游走后

时间将归属燃得炽热

土木工程学院 / 谢德梁

# 你的“小窝”是什么样子的?

# 三点一线的远方

生活如果总是三点一线

那今天，寝室、食堂、图书馆

愿明天，日月、星辰、山海间

法学院 / lbb

你希望用哪三个词
来定义明天的生活？

## 致二十岁的你

池塘肆意生长，灵感肃然膨胀

你拼命把自己吹鼓，安慰我不要慌张

可我也希望你永远少年模样

电气工程学院 / 新云

# 青春

大草坪、西瓜、星星和云朵，
冷涡离去后仍然摇摆的天气，
哦！这炽热而易逝的青春。

人文学院 / 陈岩

# 明天会下雨吗？

# 纸鱼雉扇

梦中的纸鱼被雉扇扇飞，

于学海漂遥十八载，

终跃东南门。

经济管理学院 / 覃家辉

集章页

## 梦醒时分

在满是梧桐叶的草坪上一觉醒来

不知是跌进了二十岁的下午

还是翻入了七岁的梦

仪器科学与工程学院 / 宝玉

# 今天你做梦了吗？

集章页

# 你又为什么想写三行诗?

# 药

感冒药片掉进鞋里

却不能治愈脚趾创伤

睡吧，明天还要走远路

自动化学院 / 顾诗怡

# 你走过最远的路是到哪里？

# 辑 三

# 那山外，是十八岁的远方

# 雪径

休止符里，梅庵的雪正落

你留在小径的泥印生出松枝

芬芳是一季时光

团委 / 雨孩

# 礼堂

大礼堂是呼吸着的书籍

我用瞳孔装订四季

借阅卡是无限期

团委 / 雨孩

# 东南诗笺

六朝松把影子磨成砚台

阳光滴落成墨

我们在青石板上写下第三种绝句

艺术学院 / 杨贝涵

## 春分线

玉兰瓣撬开实验室窗缝

涌泉池吞下整片天空的蓝

风把柳絮编成微分方程草稿

艺术学院 / 杨贝涵

# 捡秋

梧桐大道上

俯身捡起一片落叶

这是我十八年的颠沛流离

人文学院 / 徐闻一

等秋风染黄落叶

再去一次梧桐大道吧！

# 路过

那天，你路过我身边

我拼命压住书页

却压不住内心的平仄

人文学院 / 王佳怡

最近有出现什么让你心头
泛起涟漪的人或事吗？

你最近实现的小小愿望是什么？

## 碎银

涌泉池吞下太多硬币的倒影

当许愿的弧光沉入水底

涟漪里游着千万个碎银般的自己

法学院 / 赵金兰

# 留白

信息楼、游泳馆、人文楼、至善亭……

拔地而起填进诗的章节

嗯，还是留白更多一些

信息科学与工程学院 / 李睿翰

# 晚·自习

太阳披着晚霞下班了

楼里点亮千盏灯

与一千颗星星一起祝福着

信息科学与工程学院 / 李睿翰

# 守夜的路灯

柳梢垂钓半枚银钩

涟漪吞下所有倒影

只剩图书馆的时针在轻轻反刍

经济管理学院 / 李彤

## 如意如意

海把心事揉成盐粒

潮起时，浪花轻吻岸的伤痕

潮落时，我们都是哑口的贝壳

经济管理学院 / 李彤

# 暂时没有打折

三楼的窗外

梧桐枝像条形码

晴空是原价

艺术学院 / 何桃

# 三点半见到彩虹

慷慨的喷泉洒下细碎的银箔

第七节课被铃声截流

光的浮桥闯了进来

艺术学院 / 何桃

# 追光

我数过了：有三株植物，

生长在学校北围墙的柱灯里。

只为长夜中的微光，颠倒了作息。

建筑学院 / 郑倩

你是否也在深夜里走过
昏黄的柱灯？

# 梧桐页

想送你一片梧桐叶

我扑进落叶堆里挑呀挑

最美的那片，至今夹藏在我的书页

集成电路学院 / 李园

# 你拿落叶做过书签吗？

# 春生

白云刚打了个盹

春风一吹

大草坪上又长满了人

仪器科学与工程学院 / 挽山

# 最近一次去大草坪是什么时候?

集章页

# 你有喜欢的人吗？

# 叶·青春

于中央大道漫步着

俯身撷起一枚金陵的叶

叶脉间缱绻着亟待铺陈的青春

人文学院 / 周俊亦

# 你和谁一起走过
# 金灿灿的中央大道？

# 礼堂画板

大礼堂的穹顶是永不干涸的调色盘

时间从六朝松的绿融化

直到梧桐叶飘进画框装订黄昏

艺术学院 / 孙芷若

你的书页里是否
还夹着那片梧桐叶？

# 梧桐印记

梧桐叶落秋风起

每一片飘零

都是我青春的印记

物理学院 / 白青旺

# 山外不是山

鼻尖触着玻璃，呵出一团雾霭

我试图勾勒远山的轮廓

那山外，是十八岁的远方

建筑学院 / 张欣怡

# 九曲桥

路过悄悄数，九曲桥只有六个弯
有时候月亮也弯，天上一个水里一个
直到那晚，才发现最后一个藏在你的嘴角

信息科学与工程学院 / 燕焉

辑 四

# 烧杯底

沉淀着

未眠的朝阳

# 实验室星图

试管析出紫金山的虹

数据流漫过操作台时

我正打捞起银河系的标本

人文学院 / 泷欲（韩瑾仪）

哪一个实验的时刻
令你记忆犹新呢？

集章页

# 你的实验报告
# 花费了多少个日夜?

# 力学方程式

结构力学草稿在晚风中涡旋

当流星划过四牌楼的方程群

所有悬而未解的积雨云开始结晶

土木工程学院 / 安冰冰

# 哪门课为你解开了<br>人生的命题？

离开图书馆时，
你看到了怎样的星空呢？

# 星萤

图书馆倾斜时

书脊驮着群星坠向阶梯

我们终究是银河撒落的种子

法学院 / 钟毅

# 实验室凌晨

示波器的绿光波纹里

时针爬过第五个刻度

烧杯底沉淀着未眠的朝阳

艺术学院 / 乐杰

## 教一窗景

紫霞漫过阶梯教室的斜面

粉笔灰悬浮成银河

而季风正翻阅我摊开的图像学笔记

艺术学院 / 乐杰

# 桃园夜跑

塑胶跑道吞咽星群

汗珠坠地时

路灯把喘息浇铸成青铜雕像

艺术学院 / 乐杰

你希望跑道的尽头有什么呢？

# 潮汐

宿舍食堂教学楼，车子来往如潮汐

7 点 58 分的宿舍楼下没有 7ma *

我好像一条搁浅的鱼

信息科学与工程学院 / 张皓杰

---

* 东南大学校园里的一种共享单车。

# 抽纸

我的生活是一包抽纸

抽完一张，还有一张

只是抽纸散发清香，日子不再轻盈

信息科学与工程学院 / 张皓杰

# 请尽情书写

```
#include <iostream>

using namespace std;

int main(){ }
```

吴健雄学院 / 林奕含

作者说：

这是 C++ 编程中的基础语句，有了这些语句之后，程序员就可以在大括号中尽情编写代码，实现自己想要的功能。这三行语句不仅象征着大部分工科生离不开的编程生活，更是一个丰富的平台和完备的开始。正如东南大学为我们提供的那样，我们可以在这个平台下自由而热烈地创造和描绘我们想要的生活

# 你忘记过写 return 0 吗？

# 稀松的一天

十点后的路灯下

自行车的影子们

都像猫般从林荫间轻巧地掠过

人文学院 / 小宵

有没有哪个瞬间让你觉得
生活变得有趣起来了？

## 渡湖

我听说图书馆前那片大草坪曾是一片湖

夜晚经过时，瞧见点点灯光浮于黑沉的水面

才明白我亦是涉水之人

化学化工学院 / 冯舒妮奥

走在大草坪上的你
在想些什么呢?

辑五

# 晚霞
# 偷送一抹
# 烂漫

集章页

还记得你在图书馆
学习的日日夜夜吗？

# 李文正图书馆

在图书馆枯坐太久

我好像也变成了一本书

不过，我发霉了会躺在窗外的大草坪上晒太阳

信息科学与工程学院 / 叶子轩

# 小日常

早八的闹钟，敲碎梦的绮幻

实验报告，垒起求知的山峦

疲惫间，晚霞偷送一抹烂漫

信息科学与工程学院 / 叶子轩

有没有一个瞬间，
你觉得风带来了某种特别的讯息？

集章页

# 毕业

离宁的火车颠晃 燥热的暑气闷慌

青春于站台 轰隆隆与我天各一方

六朝松的夏 被铁轨拉长

法学院 / Asteroid B612

离开的那天，
云和你是否带着一样的忧愁？

# 百年鼎

高大的百年鼎里装了什么？

一叶梧桐飘入，我猜

是光阴投递的十四年信笺

建筑学院 / 傅文武

# 你上次收到信是什么时候？

# 照顾

脱下校服，拉上行李箱

母亲说照顾好自己

其实我照顾的是楼下的三花猫

土木工程学院 / 吴越桐

最近有想家吗？

什么时候再回去看看呢？

## 归乡途中

请暂时关掉想象

让她与揉皱的回忆一齐

淌入我咸涩的雨

生物科学与医学工程学院 / 杨旭冉

有没有哪一个瞬间，
让你感到“近乡情怯”？

# 你没来找我

一个人坐在操场上

月亮枕着云朵睡着了

只怪夜晚太浓，所以你没发现我

人文学院 / 李云逍

看月亮的时候，
希望谁能在你身边呢？

## 午饭加肉

阿姨见如故，

“天天来吃”老客户，

加肉搞特殊！

信息科学与工程学院 / 李知萌

# 你在食堂吃过最好吃的一顿饭是什么？

# 嗷呜

揣手卧连廊

桃园小霸曝冬阳

嗷呜一声响

网络空间安全学院 / 嗷呜

# 你愿意给小猫画一幅画吗？

# 蜕变

微风满月

低头

影子里走出了一个大人

网络空间安全学院 / 吴函玉

# 什么时候突然意识到自己长大了？

# 喷泉

水流

人流

朝着熵增加的方向

仪器科学与工程学院 / 孙之寒

## 中央大道

思念，铃铛声穿梭在中央大道

就像某日

盼望，流苏何时划过树梢

仪器科学与工程学院 / 孙之寒

# 骑手：云

购物车中的舒心能用散步支付
在大草坪记得躺下，你点的晚霞
将由阳光送达

软件学院 / lyh

祝你快乐！

## 第二首

不是说到荟萃楼就隔一条街吗？

沿着水杉一字拉长的路，

我们一个往东，一个往西……

经济管理学院 / 黄岚

和你一起走回宿舍的朋友，
如今还有联系吗？

# 思念

教学楼如四年前一般安静伫立

我透过夏日刺目的光线

决定要长得枝繁叶茂

艺术学院 / 党琦

祝你前程似锦！

你还记得学校中最让你
惊喜的那轮明月吗？

集章页

# 我们发芽

你又在土豆里发芽了

什么电视机桌布餐盘白米饭

我们动动筷子就夹走了，日子一角

建筑学院 / 水水水

被夹走的每一页日子
一定都有不同的精彩故事！

# 喵

明明见到你的身影，我却低下头

明明听到你的呼唤，我却转身走

——今天真没带猫粮啦！

电气工程学院 / 刘妍

# 你最爱什么毛色的猫猫?

# 大大小小的我

听，她在涌泉旁肆意地嬉闹

看，它在树下伸着慵懒的懒腰

是谁在走廊爽朗地笑

经济管理学院 / 小耳朵

上次开怀大笑是什么时候？

后记

# 有个树洞

在青春的年纪和一群青春的人编写了一本
关于青春的三行诗集，每个人都对青春有
着独特的感知，或成长，或迷茫，或伤痛……
愿每一个翻开诗集的你，都能够驻足片刻，
忆起独属于你的青春！

——王佳怡

阅读一首首三行诗，我认识了一个又一个
独特的灵魂。在东南大学的校园里，在不
同的时间坐标轴上，我们共享着青春。

——李雅君

读过同学们的诗，才知道所有的青春都这样相像，只是在同质上又溢出许多缤纷。真好，等到身上的青春消逝后，这本诗集还守候着我们此刻共同的心跳。

——蛋挞团长

每一位诗人都是天生的敏感者，他们被光治愈，与风拥抱，在无数平常的对话里看见星星，在每一个脚印里寻找希望。在书页与蝉鸣混杂的青春里，希望总有确幸让你期待明天。

——张可欣

诗稿就像散落的星星，在青春的褶皱里闪烁，同学们年轻的心事被揉进学校风物与生活缝隙。大草坪的黄绿交替是时间的刻度，梧桐叶的飘落又新生勾勒出成长的轮廓，作者在文学的河流里打捞自我，或许生活的遗憾，恰是诗意的另一种成全。

——杭煜淇

所谓青春，或许不是一段时光，不是一段记忆，而是一种感觉，是放学路上的同行之感，是拥抱春风的洒脱之意。正因如此，诗和笔才是书写青春的最佳选择。

——郑博源

在失去青春前，创造一些易碎的记忆，
以便老后向世界宣告：我也曾年轻！

——姜浩宇

青春是窗外的梧桐，是骄阳，是满怀希望。
三行诗留下年少的独家记忆，《青春》让
朝气和热烈得以书写。
我们的青春“要盛大，要灿烂，要哗然”，
于“校园三行诗”中，炙热的青春有迹可循，
少年的我们华而且实。

——袁梓涵

在上百人短短的诗句里，我走过朝阳与晚霞中的四季，看到“猫学长”们俏皮的足迹，触摸少年人的心语，也聆听迟暮者的回忆。文字有时苍白，写不尽墨迹外满溢而出的生命；文字足够隽永，装得下每一个心灵共振的瞬间。感谢《青春》，让我有幸见证名为“东南”的岁月。

——郭静雯

三行很短，短得只能拼凑出青春的一个侧面；三行又很长，长得可以穿透在东南大学的岁月。感谢这些三行诗作者，让我们得以走过你们的东大青春，看到时代和你们所经历的，看到生活和你们所体验的。

——曾舣灵

# 我爱你，东南

仰望典雅大气的礼堂，
触摸六朝松上的千年风霜，
聆听梅庵把古老的故事传唱，
徜徉在中央大道秋雨拂面梧桐微凉。

看看九龙湖上碧波荡漾，
听听九曲桥头蜻蜓浅唱，
簇新的图书馆书海茫茫纸墨飘香，
缤纷的舞台上载歌载舞青春绽放。

我爱你，东南。
你那百载文脉源远流长，

科学和人文在这里碰撞。

我爱你，东南。

你不断创造新知造福四方，

你培育了无数华夏栋梁。

我爱你，东南。

愿你一天更比一天强，

播种希望，收获梦想。

我爱你，东南。

我们以勤奋作舟，美德作桨。

止于至善，扬帆远航……

——唐瑭

# 摄影、手绘作者

**封面** 艺术学院 / 张子涵

**目录** 建筑学院 / 杨诗庭

建筑学院 / 郝思远

**辑一** 建筑学院 / 杨诗庭

**辑二** 医学院 / 骆楷文

**辑三** 土木工程学院 / 黄镇钦

**辑四** 能源环境学院 / 陈冉

**辑五** 建筑学院 / 杨诗庭

艺术学院 / 柴雅馨

**后记** 艺术学院 / 陈杨萌

致此刻翻开这本书的你

也许你的笔下没有流淌出诗句

但东南大学的小径上都曾留下我们的足迹

______________________

（请留下你的签名）